# PacLantide

© Hachette Livre, 2015 pour la présente édition. Tous droits réservés.
Novélisation : Natacha Godeau.
Conception graphique : Valérie Gibert & Philippe Sedletzki.

Hachette Livre, 58 rue Jean-Bleuzen, 92178 Vanves Cedex.

# PacLantide

# hachette
JEUNESSE

# Pac

Pac est un habitant de PacWorld pas comme les autres ! En effet, il est le dernier de son espèce : les Gobeurs Jaunes, seuls capables de lutter contre les fantômes... en les gobant ! Très gourmand, il peut tout manger. Mais ce qu'il préfère, ce sont les Baies Énergisantes de l'Arbre de Vie, qui lui donnent le pouvoir de vaincre ses ennemis !

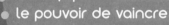

# Cylindra

Cylindra est aussi intelligente qu'intrépide ! C'est pourquoi il ne faut pas se fier à son apparence douce : elle ne craint pas la bagarre quand il s'agit de protéger sa planète et ses amis. Avec elle, les fantômes n'ont qu'à bien se tenir !

# Spirale

C'est le meilleur ami de Pac ! Il a beau être plus grand et plus fort que les autres habitants de PacWorld, il essaye toujours d'éviter les problèmes... ce qui ne l'empêche pas d'accompagner Pac dans toutes ses aventures !

# Perfidus

Attention à Perfidus !
C'est un horrible personnage,
égoïste et colérique. Il règne
en maître sur le Royaume
des Ténèbres et dirige
les armées de fantômes.
Son but ? Se venger de son
frère Sphéros, le président
de PacWorld, et envahir
la planète !

# Blinky, Pinky, Inky et Clyde

Ces quatre fantômes ne sont pas très effrayants ! Ils sont inséparables, mais chacun a sa personnalité. Blinky est le chef de la bande. C'est un fonceur et un blagueur. Inky, lui, est le plus malin... mais il a tendance à vite paniquer ! Clyde est le plus impressionnant, mais aussi le plus gentil des fantômes. Quant à Pinky, c'est la seule fille du groupe et elle est amoureuse de Pac !

# Chapitre 1

# LA MYSTÉRIEUSE CARTE

**U**ne fois de plus, Pac, Spirale et Cylindra combattent les fantômes de l'infâme Perfidus. La bataille fait rage, dans le laboratoire du Dr Popotin. En effet, le savant du Royaume des Ténèbres a dérobé les précieuses inventions de Sir Conférence. Pour être plus efficaces, Spirale et Cylindra ont avalé une Baie Énergisante. Armés de Canons Pulvérisateurs de Plasma, ils anéantissent les spectres.

Quant à Pac, revêtu de sa cuirasse de Pac Glaçon, rien ne résiste à sa Lance à Gel. *Glop !* il gobe les fantômes pétrifiés de froid.

– La grande classe ! le félicite Cylindra.

– Maintenant, à ton tour, Popotin ! s'exclame Pac. Tu ne croyais tout de même pas qu'on te laisserait voler si facilement Sir Conférence ?

Les inventions de leur ami scientifique jonchent le sol du laboratoire. Le Dr Popotin se met à pouffer dans sa moustache.

– Bien sûr que non ! répond-il d'un ton moqueur. J'espérais bien que vous m'en empêche-riez afin de vous régler votre compte. Et vous êtes tombés tout droit dans mon piège !

Là-dessus, il menace le petit groupe d'un fusil-pistolet.

Il tire… mais l'arme du savant n'est pas au point et la balle-grenade rebondit par terre, sans exploser. Pac ne perd pas une seconde : à l'aide de sa lance de Pac Glaçon, il en profite pour aspirer les affaires de Sir Conférence afin de les lui rapporter. Mais le Dr Popotin se cramponne à un mystérieux parchemin…

– Celui-là, je le garde ! rugit-il.

Il en arrache la moitié, puis s'enfuit avec. Furieux, le Gobeur Jaune veut s'élancer à sa poursuite. Spirale le retient.

– On n'a plus le temps, Pac. L'effet des Baies Énergisantes se dissipe. Tant pis pour ce vieux bout de papier !

Et sans hésiter, les trois complices s'échappent du Royaume des Ténèbres. Ils sont satisfaits, leur mission est accomplie. Le terrible Perfidus, lui, est ivre de rage. Il surgit de sa cachette en hurlant :

– Popotin, tu me le paieras ! À cause de ta nullité, ils ont repris tout ce qu'on avait volé !

– Pas tout, Votre Ignominie, rétorque le savant en brandissant le morceau de parchemin. J'ai réussi à sauver ce trésor inestimable…

Le Seigneur des Ténèbres fronce les sourcils. Il contemple le papier déchiré, et s'écrie :

– Je rêve, ou quoi ?! Il s'agit bien de la carte menant à…

– PacLantide la Légendaire ! termine fièrement le Dr Popotin.

À ces mots, Perfidus s'empare du parchemin… qui s'enflamme instantanément entre ses mains de Fantôme de Feu. Par chance, Popotin possède une mémoire visuelle extraordinaire. Perfidus lui ordonne de le conduire à la mystérieuse cité perdue.

– Mais il s'agit d'une ville sous-marine, Votre Noirceur ! prévient le savant. Si vous plongez, vous risquez de…

– Tais-toi ! s'impatiente le spectre. Ne m'assomme pas avec des détails. PacLantide m'attend !

Cachés dans les parages, les fantômes Inky, Blinky, Pinky et Clyde ont tout entendu. Ils décident aussitôt de partir à l'aventure, eux aussi !

Pendant ce temps, Pac, Spirale et Cylindra arrivent chez Sir Conférence. Le scientifique est ravi de récupérer ses précieuses inventions ! Il les repêche une à une au fond du gosier de Pac.

– Merci, mes amis ! se réjouit-il. Ces ectoplasmes de malheur

m'avaient dépouillé de mes meilleures créations !

— Il reste quelque chose, remarque Pac.

Il sort de sa bouche un morceau de parchemin déchiré.

— Ah oui, il y avait ce bout de papier que Popotin refusait de lâcher, se rappelle-t-il soudain. Savez-vous de quoi il s'agit ?

# Chapitre 2

## TOUS À L'EAU

**S**ir Conférence examine avec attention le fragment de parchemin.

– Il s'agit d'un bout de carte, aucun doute possible. C'est un document très ancien. Je discerne un mot, en PacLatin.

Laissez-moi le déchiffrer… Ça alors ! Il est écrit « PacLantide » !

Pac écarquille les yeux.

– « PacLantide » ? répète-t-il, sidéré. La cité antique engloutie par l'océan ?

Sir Conférence acquiesce. Spirale hausse les épaules et s'exclame :

– N'importe quoi ! PacLantide est une légende, un mythe, un conte de fées !

– Détrompe-toi, corrige le scientifique, on ne peut plus sérieux. PacLantide a bel et bien existé, il y a de cela des siècles et des siècles…

– Mais comment cet idiot de Popotin a-t-il pu mettre la main sur une telle carte ? s'étonne Cylindra.

Sir Conférence réfléchit.

– Je l'ignore. Un coup de veine, certainement. À moins qu'il ne l'ait volée… Oh ! J'y pense :

cette carte était cachée dans l'une de mes toutes premières inventions, justement ! Oui, je m'en souviens, à présent : c'est ton père, Pac, qui l'avait placée là !

Pac n'en revient pas. Le scientifique continue :

— Ton père était le plus grand archéologue de PacWorld. Avec ta mère, ils rêvaient de découvrir PacLantide. Regarde !

Il lui tend une photo de ses parents. On les voit explorer les fonds marins en tenue de plongée. Le Gobeur Jaune est émerveillé.

– Alors, si ça se trouve, c'est là-bas qu'ils ont disparu... chuchote-t-il.

– Qui sait ? souffle Sir Conférence. Ce dont je suis certain, en revanche, c'est que

PacLantide abritait le fabuleux Arbuste de Jouvence…

Cette fois, c'en est trop pour Spirale.

– Ne me dites pas que vous croyez aussi à cette histoire abracadabrante de baies qui font rajeunir !

– L'Arbuste de Jouvence n'a rien d'irréel, insiste le scientifique. Simplement, il est unique en son genre et… Nom d'un tournevis ! Si le Dr Popotin conduit Perfidus à PacLantide, et s'ils mangent les baies magiques, ils retrouveront leur enveloppe corporelle.

En plus, avec l'arbre, ils pour-
ront reconstituer leur armée…

– … et envahir PacWorld pour
de bon ! achève Cylindra.

Cette perspective angoissante
exige une réaction immédiate !

– Il faut à tout prix les arrê-
ter ! s'exclame Sir Conférence.

Les enfants, vous partez pour PacLantide !

Le scientifique ne perd pas une seconde. Il modifie les Planches Volantes afin qu'elles fonctionnent sous l'eau. Puis il donne des Baies Branchies à Spirale et à Cylindra pour qu'ils puissent respirer comme des poissons. Enfin, il programme le Vaisseau-Citron de Pac de façon à ce qu'il remorque les planches de ses amis.

– Vous n'avez plus qu'à repérer Perfidus,

le suivre jusqu'à PacLantide, et vous emparer de l'Arbuste de Jouvence, explique Sir Conférence.

Cylindra est sceptique.

– Vous avez oublié un détail : comment allons-nous rejoindre l'océan ?

– Facile, par les canalisations ! Activation du Rayon Rapetissant !

Aussitôt, le Vaisseau-Citron, avec Pac aux commandes et Spirale et Cylindra sur leurs planches, se met à rétrécir. Sans tarder, le scientifique les jette dans le lavabo…

– Soyez prudents, les enfants !

Et *zou !* le petit groupe file à toute allure à travers les tuyaux sinueux de la plomberie !

# Chapitre 3

## LA CITÉ ENGLOUTIE

*P*lop ! Après une course folle, le Vaisseau-Citron est éjecté dans l'océan. Heureusement, il reprend vite sa taille initiale. Un peu plus, et tout le monde finissait dans l'estomac d'un poisson affamé ! Pac entre alors en contact vidéo avec leur ami scientifique.

– Sir Conférence, vous me recevez ? On est sous l'eau.

– Parfait, Pac. Activation du Détecteur de Plasma du vaisseau.

Un bip retentit, et trois points lumineux apparaissent à l'écran du radar. Pac sourit.

– Super, il a déjà repéré trois fantômes ! Je sors le périscope.

Il oriente le tube optique de manière à scanner l'ensemble des environs. Lorsqu'il a enfin les spectres en visuel, il reconnaît le Dr Popotin, son frère Buttler, et Perfidus. Ce dernier est installé dans une bulle en verre qui le protège des effets de l'eau sur les Fantômes de Feu. Mais quatre autres points lumineux clignotent à l'écran-radar…

– Bizarre : des fantômes suivent Perfidus et sa bande,

murmure Pac. Qui cela peut-il bien être ?

– On n'a pas le temps de s'en occuper ! tranche Cylindra. La priorité, c'est notre mission.

– Tu as raison, approuve Pac. Traquons Perfidus jusqu'à PacLantide comme prévu.

Le Vaisseau-Citron accélère, laissant dans son sillage Inky, Pinky, Blinky et Clyde, les quatre spectres qui talonnent Perfidus. Ils ont de la chance : aucun équipement de plongée ne les encombre, car il leur est impossible de se noyer !

– Dépêchons-nous, les gars ! souffle Pinky. Ils vont nous semer !

Au mêmc instant, un énorme poisson prend la bulle motorisée en chasse et l'avale tout rond... Quelques secondes plus tard, l'animal est à son tour gobé par un gigantesque poisson. Pac et ses amis sont catastrophés !

– Oh non, tout est fichu ! gémit Spirale. Sans Popotin, Perfidus et Buttler pour nous guider, nous ne découvrirons jamais PacLantide...

– Pas question d'abandonner si près du but, je me charge de les tirer de là ! proteste le Gobeur Jaune d'un ton déterminé.

Et il lance le Vaisseau-Citron à la poursuite du gigantesque poisson. Quand il parvient à sa portée, Pac appuie sur un bouton du panneau de bord, et une longue pince télescopique surgit de l'avant du vaisseau. Elle saisit l'animal par la queue. Sous le choc, celui-ci recrache le premier poisson. Pac l'attrape aussitôt de la même manière. *Ouf !* Cette fois, ce sont les fantômes qui ressortent du gosier de l'animal ! Dans leur élan, ils sont propulsés contre une paroi rocheuse

qu'ils transpercent d'un coup.
Pac et ses amis les suivent de
près et se faufilent dans la
brèche.

– Oh ! s'exclame Cylindra.

Ils viennent de déboucher sur
les ruines d'une majestueuse
cité engloutie… PacLantide !

Un immense labyrinthe se dresse au cœur de la ville immergée.

Pac, inquiet, regarde dans son périscope.

– Perfidus est déjà à la recherche de l'Arbuste de Jouvence ! déplore-t-il.

Sir Conférence intervient par radio :

– Il y a fort à parier que l'arbre magique pousse au centre du labyrinthe. Dépêchez-vous, les enfants !

– Entendu, Sir Conférence ! s'empresse de répondre Pac.

Mais nous devons laisser le vaisseau ici.

Il sort de la cabine et s'enfonce dans le dédale en compagnie de Spirale et de Cylindra.

# Chapitre 4

# AU CŒUR DU LABYRINTHE

**P**ac et ses amis inspectent le labyrinthe en scrutant les environs. Ils remarquent une inscription énigmatique, gravée sur une colonne. Le Gobeur Jaune brandit sa caméra et demande :

– Allô ! Sir Conférence ? Regardez ces symboles : vous pouvez déchiffrer ce qui est écrit ?

– Laisse-moi réfléchir une seconde, répond le scientifique. Le message signifie : « Cueillette de baies interdite sauf autorisation. » Fantastique, les enfants : vous approchez de l'Arbuste de Jouvence !

Pac, Spirale et Cylindra reprennent leur chemin. Ils nagent rapidement dans le labyrinthe, lorsqu'au détour d'un couloir...

– Aaaaaah ! Des Limaces de Mer Géantes ! s'écrie Spirale.

Elles grandissent à vue d'œil. Devant le danger, Pac décide d'augmenter sa puissance de gobage. Il ingurgite une baie spéciale qui le métamorphose en Pac Métal. Hélas, son poids le retient au fond de l'eau, il n'est plus capable d'avancer !

Sans l'aide de Spirale et de Cylindra, le pauvre finirait étouffé sous les limaces visqueuses !

Par chance, l'effet de la baie s'estompe rapidement ! Le petit groupe peut repartir en quête de l'arbuste. Il tourne à l'angle d'un embranchement, et tombe nez à nez avec Inky, Blinky, Pinky et Clyde !

– Qu'est-ce que vous faites là ? s'étonne Pac.

– Heu… Rien du tout, bredouille Pinky.

– Juste une baignade, quoi, enchaîne Clyde.

Pac lève les yeux au ciel.

– Ah oui ? Et les Baies de Jouvence, ça ne vous intéresse pas peut-être ?

– Vous ne voulez pas retrouver votre corps d'antan ? renchérit Spirale.

Les quatre fantômes nient en bloc. Cylindra note :

– De toute manière, l'important, c'est de découvrir l'arbuste avant Perfidus.

– OK ! Si c'est pour rendre service, on se remet au boulot, s'exclame Inky.

– À plus ! lance Blinky.

Et les spectres s'éloignent comme des fusées. Pac, Spirale

et Cylindra partent
dans l'autre sens.
Ils parcourent
des mètres et
des mètres de couloirs
tortueux, jusqu'à ce
que…

– Terminus ! triomphe Pac.
Nous voici au cœur du labyrinthe !

Spirale fouille les environs du
regard.

– La bonne nouvelle, c'est
que Perfidus n'est pas là, dit-
il. Mais la mauvaise, ce sont les
Requins Fantômes qui infestent
le coin.

– Je m'occupe d'eux, décide Pac. Vous, vous cherchez l'Arbuste de Jouvence.

À ces mots, il s'élance sur le squale le plus proche... et se fait avaler tout rond ! Heureusement, le Gobeur Jaune a de la ressource : il tire sa longue,

longue langue. Elle sort maintenant de la gueule du requin et vient cha-touiller son museau. L'animal recrache alors son prisonnier en éclatant de rire. Libéré, Pac file rejoindre ses amis. Ils inspectent prudemment les alentours. Enfin, ils repèrent l'arbuste magique, au sommet d'une plate-forme.

– Youpi ! Mission accomplie ! se réjouit le Gobeur Jaune.

– Sauf que nous ne sommes plus seuls sur le coup, murmure Cylindra en voyant Popotin,

Perfidus et Buttler surgir d'un côté, et Inky, Blinky, Pinky et Clyde de l'autre.

– Pas de panique, assure Spirale. La chance est avec nous, il ne reste plus qu'une baie dans l'arbre…

# Chapitre 5

# UNE SURPRISE DE TAILLE

**C**ertes, une Baie de Jouvence ne suffira jamais à faire renaitre l'armée du Seigneur des Ténèbres. Mais elle attise malgré tout les convoitises ! Le Dr Popotin étant pris en chasse par les Requins Fantômes,

Perfidus envoie Buttler à l'assaut de l'arbre magique.

– Récupère ma précieuse baie, gros fainéant ! lui ordonne-t-il de l'intérieur de sa bulle protectrice.

Sans hésiter, Buttler se précipite vers la plate-forme. Aussitôt, Inky,

Blinky, Pinky et Clyde tentent d'atteindre le sommet avant lui. Ils le coiffent au poteau, quand les Requins Fantômes reviennent à l'attaque. Pac bondit sur eux en s'écriant :

– Spirale, Cylindra, je me charge de les retenir ! Allez chercher l'Arbuste de Jouvence !

Ni une ni deux, ses amis gagnent la plate-forme. Mais Clyde est projeté contre le tronc par un requin... Le choc expulse l'unique baie de sa branche ! Elle tombe au fond de l'eau.

– Il ne faut pas que Perfidus l'attrape ! s'affole Cylindra.

Quel chaos, sous l'océan ! Chacun se rue sur la Baie de Jouvence : Inky bouscule Spirale ; le Dr Popotin repousse Inky ; Buttler heurte le Dr Popotin… La baie leur échappe encore et toujours !

– Elle est à moi ! rugit Perfidus en profitant du désordre général pour foncer dessus.

Cependant, il ne peut s'en saisir, puisqu'il est enfermé dans sa bulle protectrice… et voici que la baie finit sa course dans le gosier d'un Requin Fantôme !

Tous s'immobilisent, sidérés par le spectacle du squale rétrécissant sous leurs yeux.

– Ça alors, c'est dingue ! s'exclame Pac. Le requin rajeunit, il redevient un bébé !

Perfidus ne reste pas ébloui bien longtemps...

– Popotin, empare-toi de l'arbre ! commande-t-il à son complice.

Immédiatement, le savant essaie de déraciner l'arbuste. Pac se précipite pour l'en empêcher. Le tronc menace de céder. Subitement, un symbole s'illumine à la cime de l'arbre et PacLantide commence à s'ébranler violemment, comme lors d'une secousse sismique. Terrorisés, les fantômes s'enfuient. Pac, quant à lui, tente quand même de récupérer l'Arbuste de Jouvence...

– Il faut se sauver avant que tout ne s'écroule ! supplie Spirale. Abandonne, Pac ! Laisse l'arbre ici !

– Oui, il appartient à PacLantide ! ajoute Cylindra.

Les trois amis s'éloignent alors de l'arbre. Au même instant,

le sol s'ouvre sous leurs pieds, et la cité mythique disparaît dans les entrailles de la terre…

Peu de temps après, Pac, Spirale et Cylindra sont de retour au laboratoire de Sir Conférence.

– Bravo ! Vous avez réussi votre mission ! les félicite le scientifique.

– Oh, il n'y a pas de quoi se réjouir, bougonne Cylindra. Nous n'avons pas pu rapporter l'Arbuste de Jouvence…

– Mais vous avez empêché Perfidus de le voler, souligne Sir Conférence. C'est une belle victoire ! En plus, vous avez découvert PacLantide et son secret : elle est enfouie sous les fonds marins et ne réapparaît que lorsque cela lui chante.

Spirale hoche la tête.

– Avec un peu de chance, on pourra l'explorer un jour, souhaite-t-il.

– Oui… J'espérais tellement trouver des traces du passage de mes parents ! soupire Pac.

L'air nostalgique, il contemple leur photo, en tenue de plongée.

– Hé ! s'écrie-t-il soudain. Vous avez vu ce symbole, derrière eux ? Je le reconnais, j'en suis certain : c'est celui qui était au sommet de l'Arbuste de Jouvence ! Voici donc la preuve

que mes parents ont bel et bien découvert PacLantide !

– Extraordinaire, souffle Sir Conférence. Et s'ils avaient mangé des Baies de Jouvence…

– Vous voulez dire que, si jamais ils étaient encore en vie et que je réussissais à les retrouver, ils seraient plus jeunes que moi ?! s'étonne Pac, stupéfait.

Décidément, le Gobeur Jaune n'est pas au bout de ses surprises !

**FIN**

# As-tu déjà lu
# les précédentes histoires de Pa
# en Bibliothèque Verte ?

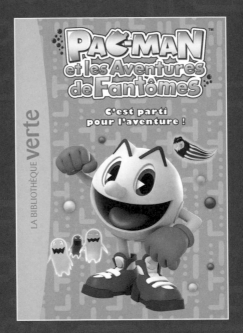

## Tome 1

Les fantômes du Royaume des Ténèbres
menacent d'envahir PacWorld ! Leur but ?
Dérober l'Arbre de Vie qui protège la planète.
Pac, le dernier des Gobeurs Jaunes,
est le seul à pouvoir lutter contre eux.
Avec ses amis, Spirale et Cylindra, il rassemble
son courage pour affronter les armées
du terrible seigneur Perfidus !

## Tome 2

r Conférence offre à Pac un globe qui appartenait
à ses parents. Mais celui-ci s'envole et conduit
le Gobeur Jaune au Temple de la Poisse,
où l'armée de Perfidus ne tarde pas à le rejoindre !
Le terrible seigneur semble prêt à tout
pour récupérer le globe... Mais quel secret
peut bien renfermer ce précieux objet ?

# Découvre bientôt la suite des aventures de Pac !

## Tome 4

Le terrible Perfidus a encore frappé.
Cette fois, il a pris le contrôle à distance de Pac
en lui faisant manger à son insu
une puce électronique. Le Gobeur Jaune
et ses amis doivent à tout prix trouver une solution.
Comme des agents secrets en mission, ils s'infiltrent
au Royaume des Ténèbres pour y dérober
la télécommande et délivrer Pac.

# Table

**Chapitre 1**
La mystérieuse carte ................... 9

**Chapitre 2**
Tous à l'eau ................................19

**Chapitre 3**
La cité engloutie ......................... 29

**Chapitre 4**
Au cœur du labyrinthe ............. 39

**Chapitre 5**
Une surprise de taille ...................49

PAPIER À BASE DE
FIBRES CERTIFIÉES

⊞ hachette s'engage pour
l'environnement en réduisant
l'empreinte carbone de ses livres.
Celle de cet exemplaire est de :
200 g éq. $CO_2$
Rendez-vous sur
www.hachette-durable.fr

Photogravure Nord Compo - Villeneuve-d'Ascq

Imprimé en Espagne par CAYFOSA
Dépôt légal : décembre 2015
Achevé d'imprimer : novembre 2015
19.8132.3/01 – ISBN 978-2-01-146316-6
*Loi n° 49956 du 16 juillet 1949*
*sur les publications destinées à la jeunesse*